セレクション 韓・詩 05

チャン・ソク詩選集

ぬしは ひとの道をゆくな

チャン・ソク

戸田郁子 訳

CUON

チャン・ソク詩選集

ぬしはひとの道をゆくな

장석 시선집

本書の出版にあたっては大山文化財団から翻訳・出版の助成を受けました。

目次

一部　風が吹いてくる　散らばれ

二部 すべての宇宙がわたしの背後だ

三部　おいしいひとになります

四部 つぶれて踏みにじられた血の跡

五部　波はおのれの道をゆくもの

凡例

- †は原註を表し、＊は訳註を表す。
- 『愛はようやくいま生まれたばかり』『この星の春』『海辺にうっぷしている子どもに』『煤けた告白』の四冊から六十一編を訳出した日本語版オリジナル詩選集である。

一部

風が吹いてくる　散らばれ

序詩

からだいっぱい坐っている　岩
全身満ち満ちてまあるい　月
身を捧げ尽くした　赤い花
とぼけている　石仏
そして愛は
この世にようやくいま　生まれたばかり

秋の光

みずから灯した火で
おまえは美しくあれ

夕暮れの　銀杏の木
小さな星と
どこかにある　知恵

敬虔なる美しさ

愛され育まれてきた　おまえの胸
その上に実った柿にも　あかりが灯り

じっと遠くから見つめる　ともしび
悲しみは
この世の　いちばん最後だから
明るい

＊　娘に詠んだ詩

炭

わたしが　森だった
若いクヌギだった

のこぎりはただ
樹皮と芯材をえぐって切断しただけ

わたしは自分の霊魂を
手ごわい炎の情念に
寂寞の時間に
疑いのない暗闇に　置く

こんなにも黒く光り
からっぽだった

なんの因果があって
真っ赤に燃えたぎる眼を
ふたたび見ひらき
あなたの霊魂を見つめるのか

その島の丸石

あなたと　海の境界
そこにあるもののなかで
ときには　あなたに属し
ときには　水に浸かるもののなかで
小石に似た心臓を
かたい油断と信頼を
手につかんで
はるか遠くのわたしの部屋まで持ってきた

いつも風になびいて読みづらい
魅惑の本棚の上で

散らばりやすい約束の上に置いたり
ついには忘れられて
時間の埃をかぶっている
あなたという乾いたかけらを

手にまた取りあげ
温（ぬく）みをじいっと眺めては
耳にあて
赤ん坊の胎動のような動きをはかり

車と船に乗り
海岸通りを　甲羅の赤い
カニとともに歩いて
その場所に
海とあなたが出会った　そこに

海鳥の足跡のとなりに
わたしのつくった足跡のとなりに
わたしはふたたび
置いてこなければならないだろう

影に心臓を与え
油断して貧しさを生んだあなた
わたしがくりだした戯言も
はてしなくくりかえす波に
ころころと音を立てて転がりながら
ひとつの小さな黒いかたまりになりますように

この山ほどの丸石は
この世の時間が骨折りつくった
ひとつひとつが確固として堅固な真実

世のなかのすべての境界は
あなたと海のあいだの海岸は
半分は　絶望に浸り
半分は　希望の光に露出している
月のおぼしめしで
月光が
わたしの砂時計を
もう一度ひっくりかえしてくれたなら

念誦（ねんじゅ）

どこだかに
老人で生まれ　だんだん若くなり
真っ赤な赤ん坊で　この世を去る人々
そんな国があるという噂を聞いた

余生を締めくくりながら
祈ろう

乾物売り場に並ぶ干物の魚として生まれ
海にふたたび投げいれられて
深く青い生を泳ぎ

稚魚となり　卵となり　さらに幼くなって
水面の下に差しこんだ
光のなかで消滅しますように

万里を越えゆく渡り鳥の　最後の飛行から
くちばしの黄いろい幼鳥となって到着し
ツンドラの卵として終わることができたなら

道に舞う古びた落ち葉としてはじまり
雷で片腕を失った古木と
鬱蒼とした森の若木となって立ち
小さな獣の舌の先の芽と
冬眠のためのドングリとなって

成仏しよう

花に向かってゆく

かぐわしい風の吹いてくるところへ
四月へ歩いていった
教保（キョボ）ビルの前　ライラックの木に向かった

どこから吹かれてきたのかね　おまえは
ライラックの花はわたしに尋ねる

わたしは遠くから
少年のときから歩いてきたよ
その年の春から吹かれてきたんだ、と言った

綿雲が湧きおこるよう
煙草をくわえて
陽炎(かげろう)が燃えたつよう
歌を歌って　春の道をきたよ

ずうっと歩いてきたんだ
遠い道を吹かれてきた
もう煙草も吸わないよ

花の胸もとに　心うずめようと
小さな虫になって　隠れてしまおうと
この春のもとで　寝っころがろうときたんだ

遠い日の　あの四月の香りのように

わたしにも咲いておくれ
ひと房の花陰(はなかげ)よ

日時計

あなたがわたくしの日時計にいらっしゃったから
残雪の消えない午後四時にいらっしゃったから

そのときの時計の針は
いつも短く濃く
正午から動きもせず
われらの若さは　石の上でずっと消えたりもせず

あなたはゆっくりと
山の斜面をおりてきて
庭を横切り

もうずいぶんと長い影の先を
わたくしの胸の上に置くのですね

キムチの甕からとりだしたばかりの
よく漬かった白菜キムチのように　世間が赤いのです

ご飯を炊いて
食事の準備をいたしましょう

日時計の上に
わたくしの心の上に
そのまま　お掛けになっていてください

＊　亡き友、魯會燦（ノフェチャン）を偲んで詠んだ詩

桜

あの木

あともう一輪　咲けば
足を土のなかから出して

あともう一輪だけ　ひらいたら
天にのぼるだろう

春風をいっぱいに含んだ
つぼみの風船

そうならないように
にわかに散ってしまう
白い夢

葉の樹木葬

木の枝の陣地は乱れ
乾いた葉の　いくつかのお言葉

すべて地におりて
この冬をかたちづくっており

落ち葉一枚
巡礼の道からはなれて
チョウセンツゲの　茂みのてっぺんに不時着する

このことは　たんなる偶然だとか

いつかくる春の日
花の母として　ふたたび華やぐとか
愛を目指して　赤ん坊の手のような新芽を
また伸ばすような心だとか

またひとひら
窓に垂れた
真冬の頽落した蜘蛛の巣に囚われたあの落ち葉は
青かったころ
旅芸人や革命家を夢見ていたはずだ

あわてた鹿がやってきたとき
居どころをつくってやった茂みのように
墜落した落ち葉を受けとめた　からっぽの蜘蛛の巣

いのちと茂みの　有機的な抱擁
痩せこけてみすぼらしいものたちの　無機的な抱擁

すでに埋葬地にいくべきなのに
だれかに巣くって
がさごそと歳月を送るわたしたち

まだおかす罪が残っているのなら
すべてやってからこいと言う　お言葉があるから

煤(すす)けた告白

火をはじめて起こしたとき

長いことからっぽだった暖炉の扉をあけ
木の皮と　乾いた小枝を敷いて
夏を通り越してすぐに仕入れた薪をいれた
この冬はじめての　火を起こした

ずいぶん前　涅槃(ねはん)にはいって見えなかった炎を連れてきた
寂滅の顔を見ようと
ふたたび踊らせてみようと

告白するが
眠りから覚めた炎が立ちのぼったとき
暖炉のなかで　鳥が鉄の壁にぶつかった音
ひらくことのできない扉の向こう　恐ろしかった飛行

消えてしまったことはとても多い
昨日も　消えたばかりの火の葬礼に出かけていた
わたしがくべて　焼いてしまった記憶
冬のあいだじゅう　炉ばたで一枚一枚燃やした　すぎ去った夢
いつまた暖炉のなかに巣くったのか
炎とともにしばし踊り　消えてしまった火の鳥

煤けたやかんは暖炉の上に
沸いたうわ言を　ぶくりぶくりと吐きだし

いつわたしのなかに巣くっていたのか
おりてきた狭い煙突へと　ふたたび
悲鳴もあげず　舞い上がった黒い鳥

禍（わざわい）のように坐っていたが
二本の薪とともに消えた夜

その冬はじめての炎に　ふたたび出会うとき
わたしもそこへはいっていこう
鳥を救いだしながら
腕が焦げ　黒く煤けてしまったとしても

森で——鐘の音

森は　鐘の音を受けいれることにした

山のふもとの教会からのぼってきた子ども
鐘つきも　権正生（クォンジョンセン）*も　イエスもいなくて
鐘楼は　エアコン室外機の置き場所

昔むかしも遠い寺で　ときを知らずに生まれ
団子ひとつはいったふり分け荷物すらなしに　やってきた鐘の音も
森に養子に出され　長く寺にとどまったが
どうやって生まれたかも知らずにきた子ども

何本も残っていない木々は　受けいれることにした
鳥も　歌を教えることにした

＊　権正生（一九三七〜二〇〇七）――東京で生まれ、日本統治からの解放後に韓国に帰国した童話作家。代表作に絵本『こいぬのうんち』（チョン・スンガク絵、ピョン・キジャ訳、平凡社刊）などがある。クリスチャン、反戦・平和主義者として清貧の暮らしを貫いた。

風景の夢

1

わたしは真昼の空に浮き彫りになった荘厳な紋様を
見た。わたしのものである　熱い夢ひとつが
そのかたわらに　すでに坐っていた。
雲の白い肌に湧き立つ波たち。

わたしは望んだ。生の一瞬の質である
強烈な光の婚礼を、胸おどる
分娩の風景を。
終わることなく重なってくる　すべての季節の力を。

穢されてしまった草のかたちをした
大地の低い中心で　鳥たちが
眼をあけていた。光の真んなかで
音の騎士が　馬に乗って駆けていった。

風が吹いてくる。散らばれ。硬い
草の種たちよ。愛の熱たちよ。
飛びあがれ。かぎりなく力強い勢力よ。白い欲望たちよ。

わたしはふくらんでいった。荘厳な紋様と　わたしの夢が
息づく温かい熱が　わたしを上昇させた。
草が立ちあがる。緑色の群れたち、
いのちを明るく
照らしてくれる　燃えあがる表皮よ。

わたしは恥ずかしくて涙を流した。　わたしの夢は
わたしに口づけしてくれた。

2

生を準備する者が鳥を空に放った。　暗闇のなかで
鳥は　そりかえった夜の路地に飛んでいった。　鳥は
崩れたおまえの哀しみの上に落下した。

その白い羽毛が残した表情の波のなかで、
はかりしれないほど暗い森のひとつの枝から
生まれくる火花のように　夜は輝くいくつかの眼をあけて
われらは息の蒸気である涙を流した。

二番目の鳥は帰ってこなかった。　文法の海の
いちばんひんやりとする深淵で　額にあかりを灯した

おかしな深海魚である愛が
泳いでいた。地上の暗い路地で
鳥はつめたく燃えていた。

ノアの三番目の鳩は
黄金色のオリーブの葉をくわえてきた……

いまや生は神聖な停止であり、
その
影である風景だけが変貌する。
その
息遣いである風が散らばる。音の鉄柵のあいだで。

鳥よ、
哀しみの尖塔の上に落ちる青いくちびるよ……

＊　一九八〇年、朝鮮日報「新春文芸」に当選した著者のデビュー作。「新春文芸」とは各新聞社が小説、詩、戯曲、童話、評論などを募集し、毎年一月一日の紙面で当選作品を発表する。新人作家の登竜門として注目を集めている。

二部

すべての宇宙がわたしの背後だ

哀しい者たちはいつも星を眺めて

とても遠くからくるという星の光は、なかでもとくに明るいある星の光は、星が叫ぶ宇宙の雄たけびなんですって　病院のベッドやうちの寝床の上でゆっくりと生涯を終えるのではなく、銀河を氾濫させる爆発とともに死にゆく星は、はかり知れないおのれの生の記憶を光にのせて送るんですって　光は記憶の郵便配達人というわけです

心尽くしてまことに星たちは夜空に輝くでしょう　誠実さと揺るぎない責任感で星の送った手紙は　広い宇宙を横切るのです　何億年ものおかしくなりそうな　気の遠くなるほど真っ暗な歳月を光は走ります　すべての禁忌を超えて　だれに向かってですって　すべての生涯にわたる星の記憶をこめてそんなに長い時間をかけて到着する

て・が・み・の・う・け・と・り・に・ん・は

かれらは六月の　故郷の夜の海にはいった

生まれる前からそのからだを浸していた母なる海だったが
気力も尽きはて
統営（トンヨン）自慢の煮干し袋のなかに閉じこめられ
家に泳いで戻ることはできなかった

その夜
泣く母が
妻と子らが
港の上
夜空に到着した手紙を　見たかどうかはわかりもしない

密封されてきて　受取人のハンコをもらう書留ではなかったから
心に響く万物が
哀しみの流れる心が　見つめただけ

二日後の朝
水の流れがかれらを　家の前の海辺に連れてゆき
やがて地面が受けとり　抱いた
生まれたばかりの　はじめてのときのように

この消息も今
あの遠い星のほうに　向かっているはず

六十年あまり前　六月の夜
煮干し袋のなかの一尾となった韓方医のチャンゴン先生*のことを　すでに

おのれも星になり遠い宇宙に向かっている朴景利（パクキョンニ）*が送ってきた星の光で読みました　尹伊桑（ユンイサン）*の音楽のなか　海の音と地の響きがなぜ心を打つのか　推しはかってみます
かれら星たちの光はその足で地面をどしどし踏み鳴らし　髪ふり乱して泣いて哀しむ者たちの上で　ともに泣きともに嘆きながらも　大きな力と温かい慰めを伝えてくれます
その星たちもまたいつかは力強く美しい二重奏の雄たけびをあげるでしょう
悪と不義をすっかりふき飛ばしながら

＊　韓方医のチャンゴン先生——朴景利が統営で書いた詩「鶏」を読み、韓方医李瓚根（イ・チャングン）（統営の方言ではイ・チャンゴン）の存在を知った。植民地統治時代には文人として活動し、名門校だった統営水産高校の校長も務めた知識人だが、朝鮮戦争の勃発初期にイデオロギー闘争の犠牲になった。

＊　朴景利（一九二六～二〇〇八）——慶尚南道（キョンサンナムド）統営生まれの作家・詩人。一九五五年から創作活動を始め、大河小説『土地』（完全版の邦訳はクオン刊）、長編小説『金薬局の娘たち』など、数多くの作品を発表した。故郷の統営には「朴景利記念館」が、『土地』を執筆した江原道原州（カンウォンドウォンジュ）には「朴景利文学公園」がある。娘婿は詩人の金芝河（キムジハ）。

＊　尹伊桑（一九一七～一九九五）——統営出身の音楽家。植民地統治時代に大阪音楽学校に留学する。一九五六年にパリ、翌年にはベルリンに渡って作曲などを学び、音楽家として活動を行うが、北朝鮮を訪問したことから韓国中央情報部（ＫＣＩＡ）に連行され、ソウルで拘留された。ヨーロッパの音楽家二百名余りが韓国政府に嘆願書を送り、一九六九年に大統領特赦で釈放されると、西ドイツに渡った。韓国への帰国と、韓国内での作品の演奏は長く禁じられた。尹伊桑を偲んでつくられた統営国際音楽祭が、二〇〇二年より開催されている。

あなたが山にのぼる始発の汽車に乗るなら

暁がいつのまにプラットホームに到着しているとは
まるで気がつかなかった

渓谷には山霧が流れ
湧きあがる水しぶきは
ナナカマドの花のように　白い

智異山（チリ）＊華厳寺（ファオムサ）の渓谷に沿って
老姑壇（ノゴダン）にのぼる汽車は
朝霧とみずから吐く蒸気のなかで
念仏を唱え　佇んでいる

木の根っこに覆われ　土に埋まった線路を
まだ片付けられないままだ

屋根の軒だけ見える駅舎
覚皇殿(カクファンジョン)のなかの　耳と手の大きな仏様から
解脱ゆきの切符をもとめる

汽車が出発するプラットホームはどこだろう
兜率庵(トソル)のほうかもしれません
顔を洗ったばかりの声が聞こえる
白い花だ

この花はわたしをふたたび　眺めるだろう

赤い実のような眼で
雲が夕焼けに出会う秋の夕暮れに

乗客らは　夏のあいだに焼けてしまった家から出て
渓谷をくだってくる紅葉についてきたり
山の上にのぼる風を追いかけて
ふたたび燃えはじめる山の麓
寺の境内の石階段に　集い坐る

手を合わせて鐘の音をつくり
ときには胸を叩いて　太鼓の音を出し
乾いた木魚は口をひらき
銅板のなかの雲も　湧きおこれば

この世はひとつの花だったのか

秋の夜　月光のもとに咲く歌一輪

＊　智異山――韓国南部に位置する名山。西には三大峰のひとつ標高千五百七メートルの老姑壇がそびえている。山の南側に位置する華厳寺は、五四四年に創建したと伝えられ、石塔や石灯籠など、多くの国宝を所有している。

新しい家

家を建てた
釘が板にはいって
隙間なく抱きあっている

釘も　新しい釘
木も　新鮮で若い匂いがする

末永く暮らしなさい
変わることなく

わたしが先に錆びついて

古びた釘であっても
未知の暗闇にからだを入れてみよう

家は久しく
そのなかで　育むものがあるだろう

ぬくもりと騒がしさと　明るさと闇
飯の匂いと　性愛の跡
乾いている洗濯物と　洗うことのできない過ち
泣き声と　笑い声
叙情と　叙事

そうやって　新しい家よ
ものがたりの終わりを　しっかりと締めくくれ

錆びた釘と　ひずんだ板
割れた瓦と　崩れた内臓
やがてふたたび
無明（むみょう）＊へとつづく道の森へ

＊　無明——仏教用語で煩悩のこと。韓国語では同音異義語に無名もあり、著者は読者がどちらの意味で解釈してもかまわないと考えた。

縄を結ぶひと

ビーナスという名の船が
港の暁に到着し
甲板の船員が
縄を埠頭の地面に放り投げる

暗闇のなかで　だれかが
その手を握り
あっというまに結び目をつくって　鉄杭につないだら
船は荒い息をしだいに落ちつかせる

野生のたくさんの馬たちを

縄で倒し　閉じこめて
網を投げ　鳥を捕まえるように
わたしはあなたを　わが胸の杭に縛ったのだな

すべてのものは　自分にしばらく宿ろうとしてくる
すべてのものを縛りあげる

船は陸地につながれて　廃船となりつつ
愛は執着と忘却という罠に引っかかって
ふたつに裂ける
すべてのものは
時間の蜘蛛の糸に引っかかる

あなたは　わたしがつくっておいた墓地であり
わたしは　あなたの望まない墓

わたしたちは　縄でくくる人間であり
縄にくくられた人間だ

船は鬼ヶ島（トッケビソム）にいくと言う
わたしは暁のなかを
年老いて帰郷する島の人々のあとについて
船に乗る

ツバキの葉を一枚ずつ差しだした
鬼（トッケビ）たちを嘲（あざ）笑い
わたしはさっき買った船の切符を
タラップにいる船員に差しだす

これはなんですかねえ

なんということか　わたしが手にしていたのも
たかが昨日　森でひろった
シイの実じゃあないか

ビーナスは縄につながれたまま
ゆらゆら揺れる
その島は海の真んなか　歯のように刺さっている

蜘蛛の糸に引っかかったわたしは
どこにいくつもりで
船の切符でもないものを握ったまま
二本の腕を　羽のようにばたつかせているのか

背後

わたしの後ろに銀河が流れ
わたしの前には紅梅の咲く春がある

風にかすかに揺れている
その一輪一輪が
じきに赤い星になるはずだ

わたしの友は　白い衣に黒いゴム靴（コムシン）で
まだ黄道に沿って　ゆっくりと歩いているんだな

土星のまあるい輪に針をのせてあげよう

歌が流星の雨のように降りそそぎ
またもや夏すぎれば　もっと遠くにゆこう
すべての宇宙がわたしの背後だ

＊　亡き友、魯會燦（ノフェチャン）を偲んで詠った詩

暑中見舞い

そっちもすごいだろうな

市場で早朝に　酔い覚ましをして出かけたのに
もうてっぺんで　お日様が見下ろしていやがる
炎がめらめらと燃えた　眼
おまえ一杯やってきたなと
金色のたてがみをたなびかせてさ

港は昨日の日照量が多すぎて
海水面から
カサゴの幼魚一匹ほどの深さで

陽ざしもとろけて　蜜のようににちゃにちゃしてたよ
船が波をかき分けるのも　難儀なくらいに

夜中じゅう　響きわたった音は
夜明け前の出港をいそぐカタクチイワシ漁の船が
夏の海の結制（けっせい）*を砕氷しながら
なんとか前に進もうとしていたせいだろう

ここでも　地面では
木の根っこに届くほど
陽ざしが土をほじくってはいり
すぐに熟れて落ちるものたちの　心臓を焼いて
いのちを吹きこむ　ふいごを吹いているさ

火の粉が顔にも跳ねたりするけれど

このことはとっても重要だから
俺を先頭とする畜生どもは
ちょっとは我慢して耐えろということか

おまえの両手にはもうすぐ
この結実がはいってくると慰めながら

だから
猛暑のなか　逆さ吊りされているわれらの生
飯も焦げ　口も焦げてしまい
真昼は飢えなきゃならない　われらの生

半分は真っ黒に　半分は真っ赤に　待とうさ
黄色くなったキュウリひとつ

ニガウリひとつ
それにブドウいく粒か
両手に与えられることを願いながら

＊　結制――僧侶が夏と冬の一定期間、一ヵ所に留まって修行する制度である安居（あんご）を遵守することをいう。

宇宙論

みずから宇宙をかたちづくれないものはない
哀しみのなかにある　細胞ひとつも
はかなく短い歌も

叙事の　とある一日も
年代記に記されている　ひとつの節目も
退屈な梅雨のような　痛みも

その夜空には　星の光が満ち満ちて
細い針一本分の疑いも　はいる余地はなかった

その空の下
背なかと頭にいっぱい　星の光をくっつけて
なにかを得て
なにかをなくしたひとが
歩いていた

＊　亡き友、魯會燦を偲んで詠った詩

森の番人

齢六十になって
小さな村ができた森の真んなか
わが家の庭につづく
二十坪ほどを守る役目を言いつかった

なにをそんな堅苦しいことと笑うなかれ
二年がすぎても　難しいことだらけ

カサギの巣を高くに戴いた　松の木のほかには
ブナ科の顔を見ても　名前すらさだかでない

青い葉を生い茂らせて　暮らしているもの
冬のあいだ　小さな実のような眼で赤く見つめるもの
なにもないところに　突然つり下がる白い花
鳥と　虫と　キバノロの家系もよく知らないが

森の地面と　森の天井のあいだのすべてのことを
稜線から谷間へ
傾斜を下りたり上がったりすることを
夜明けから夜まで
光と闇の干満を　わたしはつたなく記してゆく

昨晩はこの森に
百万ウォンを超える初雪が降った
わたしの無知も真っ白に　すべて覆いつくされた

すべての森が　牙をむいていた昔
彌來寺（ミレサ）につづく小さな森の道さえ　危なかった時代はすぎ
敗残し　追われ追われて
野山の一部にとどまっている小さな森
散歩道だけ残して　消滅してしまうかもしれない

しかし　わたしは知っている
月光もつめたい深い夜に
わたしの森にも　ヒマラヤのような白く冷ややかな額
すべての山と森にひそんでいる威厳を
とるにたりないものにも　宿っている神聖さを

決して勝つことのできなかった戦いに勝ち
絶対に負けてはいけない戦いに敗れたわれら
森の指尺ほどをまかされて　守りながら

一本の木のように立ち止まれば
森が織りなすものがたりの一文字になれば

いま　ひとは立ち止まり
ミズキの木が　歩いてゆけ

くちばしの詩

いちばんてっぺんの枝
凍った柿に　くちばしをつっこむ鳥

そのくちばしに
やっと溶かした実を入れる柿

すごく寒くて
赤くもある日

ぎゅっと抱くこと
もう分けられない　分かちあい

われらの世の　最小

巡礼の年

わたしは　その海に流れこむ川を知っているんだ
永遠につづく帰家を
その川に合流した流れを
その流れのいきつく先の小川を
限りなくつづく出家を
泉に滴る雨粒を

そして
わたしに流れてきた　あなた
あなたへほとばしってゆく　わたし
初めて互いに交わった道を

その時間の体温を
ともに流れ　すぎていった橋
そこの水の生臭さを　わたしは知っている

落ちていった朝鮮ツツジ（チンダルレ）の花びら
性急だった春の巡礼を
風に全生涯のさざ波が起こるとき

道のどん詰まりにいる神に　参詣しようと
ゆっくりとした秋の流れにのってきた枯れ葉

わたしの背と　あなたの胸板に落ちたすべてのこと
あるいはあなたの背と　わたしの胸のなかのすべてのもの
流れないものたちがたまる　そこの入口

そして
海に流れこむその川を
トナカイの群れよりも平和で
カタクチイワシの群れよりもにぎわった
終わりとはじまりの流速を　わたしは知っているんだ

花びらの上に撒く

桜は散り

客たちの去った午後
食堂の扉をあけて　老婆は道になにを撒いているのか
うずくまっている　花びらの上で

なにをしているのですか
老いさらばえた手に　尋ねる

昔の罪がすまなくて
鳥たちにやろうと　粟を撒いてるんだよ

藁ぶき屋根の軒下にもぐって
冬の渡り鳥の巣を取りはずした　幼い手

春が去れば
地面におりてくる　花びらの上に
新しく咲いた　仕事

時節の縁——大寒

この家とあの家のあいだの　寒さ
扉をひらき出て
少女が縄跳びをはじめなければ
世界は廃業したかもしれない

草書

文字も　筆づかいもわからない
すでに死んだ者
引きずられながら血を流す髪の毛で
地面に書いた
歳月はラクダのように　その道をずっと進んでいった
すべては消されて　おぼろげな一画

心にとどまり　流れおちる

＊　東学農民革命（一八九四年、甲午農民戦争）を率いた全琫準（チョンボンジュン）を詠う。

キバノロの詩評

昨夜（ゆうべ）キバノロが
オキナグサと　ユキノシタの花芽
よく育って花の軸を立てようとしたヤマニンニクの株を
すっかり食べつくしてしまった

稜線のすぐ下
うちの庭のなかまでやってきた幼いキバノロは
山道に沿って　もう少しだけ歩き
部屋のなかの夢にはいってきて
わたしの詩の芽も食べつくしてしまった

きれいでおいしいから召し上がったかと　くやしがっていると
見こみのある双葉ではないから
腹の足しにしようと　草取りのつもりで食べたのでしょうと
家人が教えてくれた

星の光の下をいつも歩いているから　詩を見る目があるんだな

だけど聞き取れるように言ってくれなくちゃ
幼くたって　山の獣は荒々しくってしかたない

家庭菜園の上の段にあるホウレンソウはまだ無事で

すべてを失いすっからかんになったわたしは
天水田一歩(ぶ)の心に
新芽をふたたび芽吹かせること

三部
おいしいひとになります

順天(スンチョン)の母の里　4

順天の下の市(アレッチャン)*の　昼のにぎわい
商人はひとり　陽ざしはみっつ
穀物商の藁の籠には　五穀があふれ

市場の地べたに落ちて　黄いろい笑顔の
とうもろこし　ひと粒

すべての存在を取り去って
残った乳歯のいっぽんすら
なくしてしまった　わたし

市場の路を　低くただよってくる
汁飯（クッパ）の匂い

＊　下の市——人口二十八万人ほどの全羅南道（チョルラナムド）順天市は、上の市（ウッチャン）（五・十の市）と下の市（二・七の市）が立つ日、近隣からも人が集まって大いににぎわう。市場の名物は、豚の肉や内臓を煮こんだ汁飯だ。

戦後の澱みからわたしも芽生えた

秋夕（チュソク）*を前にして
土壁の斜面に茂っていたツルを
草刈り機ですっかり刈り取り
現れた赤土が　みすぼらしかったのに
いつのまにか　新しい草にまた覆われていた

停戦の三年後
父が乞い
母が受けいれ
わたしも　砲弾に引き裂かれた地面を覆う
ひとつかみの草のように　芽生えた

あの草は
この高いマンションの窓の外から
見下ろされている青い草は
だれに乞われて　種が撒かれたのか
だれの許しで　育ったのか

覆われることも　満たされることも　決してなく
暗くて深い　生の穴は
風の頼みでも
鳥のはからいでも
神の求めでもかないはしない　そこは
押しこまれて消えてしまったものたちの
声も見えず

眼光のこだまも聞こえてこず
気配の埃すら　立ち起こらない
色もかたちもない
からっぽの井戸と　洞窟と　くぼみに

ひとつかみの記憶のような草の種が飛んできて
指一尺の祈りのような芽が生え
つつましくほほえむような小さな花が咲き

戦後に芽生え

ふたたび刈り取られるときが近づく
土壁の斜面で揺れている　わたしのように

＊　秋夕——旧暦八月十五日の中秋のお祝い。家族が集まり、祖先を偲んで墓参りをする風習がある。

春、北緯三十七度二十分二十三・七五秒

ちょうどわたしの正面に
背はわたしの胸ほどまでしかならないやつ
この宇宙のちびっこが

紅梅はひとり　乳と血を流し
枝の先ごとに
終止符のような感嘆符のような　つぼみをつけているね

その北緯三十七度二十分二十三・七五秒から
赤い目玉が
この星の春が　ひらかれているね

いちばん近いケンタウルス座からは　たちまち
驚異を超えたはるか遠い銀河からも
このことはかならずや　発見されるだろう

東経百二十七度五分十二・四三秒
北緯三十七度二十分二十三・一五秒で

赤く色づいたわたしの心臓も
たちまち観測されるだろう

＊　タイトルの「北緯三十七度二十分二十三・七五秒」は書斎の窓の外にある紅梅の位置。詩句「北緯三十七度二十分二十三・一五秒」の位置は著者の座っている場所

影島（ヨンド）*南港

産婆がわたしを取りあげた家
波の音と海風のその家

満ち潮から　十歩
引き潮から　百歩

北上するトラックの引っ越し荷物にのせられて
仁王（イナン）山をくだる渓谷の水辺で大きくなり
遊び疲れていたずらに転がって寝ていたら
金縛りにあって冷や汗びっしょりに

わたしは裸んぼうで
影島南港の海岸通りの真っ昼間を
泣きながら歩いていた

すでに力尽き　傾いて錆びている船
滅びゆく航海をつづける　もっと古びた木船
氷菓の缶を下げた青年と
砂州に埋もれて何日もしてから見つかった
筵(むしろ)をかむって　裸足で空を仰いでいる
子どもまで　わたしを見ながら笑った

その日の記憶は遠いが　薄れてはいない
軽くも　虚ろでもない

すべてのものが変わらずに動いている

廃船も首をもたげ　うなだれ
風と　雲と　陽ざしと
鉄工所の前を　漁師が通りすぎてゆく

動かないものは
筵の外に出てしまった　不運な子どもの裸足だけ

半世紀もすぎて
わたしは別の島の夜に
まさに咲かんとする月見草と出会い
明るい月とともに
その花が咲きゆく時間をともにすごした

ようやく金縛りから逃れて
怖い夢から覚め

＊　影島——釜山(プサン)港の目の前に浮かぶ島。釜山市影島区。著者の生家がここにあった。

順天湾　2

おじいさんたちの家の
古い屋根よりもっと高いところで
西南風の吹くほうを見た

その葦の原のもとに
カニとトビハゼの家があり
マナヅルはいつ飛んできて　からっぽの田んぼにおり立つか
稲が風に揺れていたその日には　わからなかった

わたしの幼いころ　はじめての冬がきてこそ
白い雪に覆われてこそ

ようやくわかった

ある年の夏
数え年八つになったわたしは
外祖父の手を握って
まだ鼻輪も手綱もなしに　あどけなく歩き
誕生日の宴の庭の上席で
外祖父よりも格上の大人の膝の上に坐り

順天じゅうのすべての大人たちと向きあって
冥王星からやってきたかのような
陳腐で奥ゆかしい眼光のただなかで
わたしは新星として輝いていた

色艶のよい御膳に盛られた食べ物

おもしろいほど高く積まれた餅と飴

この子が英淑(ヨンスク)の二番目の子だってさ
楮田洞(チョジョンドン)の実家に帰ってきてるんだって
あの大人とおなじ日生まれなんだとさ
あの子も今日が誕生日なんだって

それから二年がたち
秋夕(チュソク)のころ　母の実家の墓参りにお供した
別良面東松里(ビョルリャンミョントンソンニ)の海にほど近い山

まだ赤い　新しい墓の盛り土が
わたしとおんなじ誕生日だった　あのおじいさんの幽宅
西南風にさからいながら　順天湾を遠目に眺めた

いや　かすかに見える順天湾が
わたしをはじめて見つめた

あなたは
葦のように　揺れたくて
マナヅルのように　飛びたくて
ムツゴロウのスープを　飲みたくて
恋人と一緒に　寝たくて
順天湾にいくはずだ

外祖父はこの世を去ったあと
別良面の祖先の墓地に　はいらなかった
あの宴の席の大人たちのなかで
何人がその村で眠っているだろうか

葦の原のそばの干潟にも
自分の小さな穴ひとつない難民たちも多いだろう

西南風に吹かれ　わたしもすっかり大きくなり
揺れて
もう空（から）になる

ふたたび秋がきて
また冬がきて
祝福のようにすべてに　夕陽が降りそそげば

背の高くなった松の木が
順天湾に向かって
海の上にぐんと伸びた
その黄金色の光の影を　見ることができるだろうか

詩の歯

美しさには確かにある
その象牙の犬歯に　噛まれてみたい

餌だとしてもいい
喜んで捕まって死のう
わたしの愛の銀歯

七匹目の子
六匹目が生まれて　二時間後
だれも知らず　母も知らぬまに　ひとり生まれ出た子

豚の檻の臭気にむせる夏の夕暮れ
幼いわたしは　慎ましやかな美しさを知った

スイカの皮を齧る音はかぐわしく
七匹の子に乳をふくませながら
わたしの持っていったスイカで　暑さをしのいでいた母豚

わたしは　だれかといつも踊っていたっけ
はかなく美しく　白粉(おしろい)の匂いのする
銀歯のあなたと

美しさの威厳に
輝ける謙遜に　ふたたび会おう
悪は腰を抜かして驚き　凍りつき
凶暴なやつは怖じけて　膝をつき

愛は　角膜ができ
愛の　鼓膜ができ
愛の　乳歯はまた育ち
夜光の星が夜空で光るだろう

学校へいく道

満ち潮だ

幼い家々が
まだ家を持たないナメクジも

若い共和国らが
宇宙すべてを領土とする国と国が

旗などなくとも
軍隊などなくとも
荘厳さあふれる小さな世界らが

信号を渡る
秋の光の下
青い波だ
学校へいく

順天の母の里　6

楮田洞　古い母の里の中庭

わたしを
イチジクの木に吊るしてください

ひどいいたずらをしたので
なかなかやめないので
てっぺんの枝に　逆さに吊るしてください

八月の陽ざしを受けて
甘ったるい子どもになります

てっぺんの枝の実は
よく熟れるのです

おいしいひとになります

へたをもぎるあなたの手のなかで
わたしはからだじゅう赤紫色に

しばらく
この世の心臓になるでしょう

冬の恋歌

ソウル新堂洞（シンダンドン）のコの字型の家の庭で
降りそそぐ雪片を見上げている
無垢な子ども
頬と　額と　やがて口のなかにはいる
愛はこんなにも深くつめたいのだな

広間の練炭ストーブの上で
やかんは蒸気を吐きだし
冬のあいだじゅう　炉ばたで文字を覚えたら
井戸を抜けだして
高い屋根を越えて　世のなかに出ていけるだろうか

わたしは台所にいき
かまどの上に醤油皿のように坐って
南道（ナムド）*の片田舎の山で鳴く
キツネのものがたりを聴いている

その場所をあけてくれた
凍えた手　腫れあがった手の台所の姉さん
そのキツネは　砲弾で穴のあいたはげ山から
村におりてきて
自分はなんでソウルに出てきて
見慣れぬ冬を迎えるのか
ものがたりは　最後まで聴けなかった

覚えていない

故郷の家を離れ　もっと寒いところで冬をすごしたひと
慣れない練炭と悪戦苦闘した　台所の水鳥

わたしは通りすぎる
ダウンコートを着て　雪の道をゆく中学生の子
背なかに背負った緑色のリュックサックを

キツネもいないすべての山
消えてしまった改良韓屋（ハノク）*と　かまどと　ものがたり
雪のつもった甕置き場*を

わたしは通りすぎながら

愛の上に　胸の上に　道の上に
これまで歩きながら残した足跡

降りしきる雪に覆われた音を聴きながら

＊　南道——全羅南道を指す言葉として使われる。一九六〇〜七〇年代、ソウルの家庭に食母（シンモ）（家政婦）として雇われる少女たちの多くが、ここの出身だった。

＊　改良韓屋——伝統的な韓国式木造住宅のうち、台所やトイレ、部屋の配置などを使いやすく改造したもの。

＊　甕置き場——庭のほぼ東側の陽あたりのよい場所を、地面よりも少し高くして、醬油や味噌などの甕を置いた所。

順天の母の里　7――小川のほとりの木の枝

花の香りだけでわたしは　一九六五年の五月を見つけだすことができる
順天東川（トンチョン）の　水の流れの音のかたわらで　平らな石にわたしの服を敷いて
洗濯棒でトントコトコと叩いていた　女のもとにゆくことができる

新しい枝に手を伸ばしたわたしは
素っ裸の赤紫色で　風車が回るように走ってゆき
その歌は　わたしが罪をおかすたびにわたしを叩いて洗ってくれたっけ
その香りで　すべてのわたしの道は　花の道になったっけ

地上からすでに姿を消した女と　小川の水
母の実家も　老いた枝にもう一年くっついていられるかどうか

しかしいま
香りはむしろ強く　歌はさらに美しく
新しく敷かれた道を歩き　小川に沿って流れてゆき
陽の沈む前　その年の五月に　わたしはたどり着くことができる

四部

つぶれて踏みにじられた血の跡

敗北した詩人に

あなたのハサミは
古い服からほどけた糸いっぽんも
切ることはできず

拳を握ってつくった石で
卵の殻さえ割れなかったろう

手をひらいて紙をつくったとき
そのなかには
宝石も
サイコロも

帝国の地図も
栗も　小豆餡も　ゴマも　黒砂糖も
なにもなかった

いかさま師のからっぽの鉢
貧しい家の
餡のはいっていない松餅（ソンピョン）*のよう

頭に血がのぼるほど
叫び声をあげて
心臓も割れよと　突きだしてみても

グーチョキパーで
あなたはこの世に一度も勝ったことがない

年老いた詩人よ

いま

不埒な世のなかに　燃えたぎる拳をふるい

あやまちの多い空をぶった切り

掌いっぱいにのせた詩を　見せてくれ

＊　松餅――旧暦八月十五日、秋夕(チュソク)（中秋）のお祝いで作る小さな餅で、栗や豆、ゴマと砂糖などを餡として入れる。片手を握って餅の形をきれいに作る娘は、良家に嫁ぐと大人たちから褒められた。

鶴に

秋が歩いてきた道が　かすんでいる
寝転んでいるわたしの胸もとを
あちこちつついて回ったかれが言う

おまえさん　秋の収穫が思わしくなかったのかね
畑の面積も減ったし　湿地もすっかり乾いてる
落穂も少ないし　草の種もあんまりない
ドジョウだってなかなか見つからないが

頭のてっぺんの赤い貴人（ソンビ）*よ

遠くからまたきてくれた客人よ

わたしはいっとき　この胸の片側だけでも
十石を超える　黄金の稲穂を収穫したもんだ
いつも水は額までたっぷりあって
そこからつづく干潟には
ハゼやらカニやらが　どんどん小径をつくった

しかしそれは肥沃ではあるが　限りある若さに
そして他人の汗に　頼ったものだった

われらは豊饒を手に入れながら
不毛を大声で叫ぶ

今度の春　神がわたしをひっくりかえす前

土がゆるんで　陽ざしがほんのり赤くなったとき
いちばん陽あたりのいいほうに
心の深いところから湧きだす
最後の芽ひとつを　浮かばせてみたいもんだ

わたしの思案と　わたしの地力と　わたしの魂で

黒い襟（えり）をつけた　白装束のおまえさん

トゥルルル
ひと踊り舞ってから　去っておくれ

＊　ソンビ――学識があり義理固く、言動は礼節をわきまえ、官職や財物を欲しない高潔な人を指す。
丹頂鶴はソンビの象徴とされた。

折れた枝に

折れた風と
折れた言葉と
大きく曲がった湾と
そのなかのエビと　貝と　舟と　ひと
折れた心に
ひとり家に戻る夜に
折れた手に持った包みと
道にこぼれた黄いろ

またもや四月の朝だ
折れた枝に坐った朝の光

かれらが生んだ幼い葉に
ため息と　小さな咳のような
虫と　鳥と　風と
森の地面を見下ろしているカササギ

幸せが　こわくなるほど
ふくよかに実っていたりした
あの枝に坐った鳥たちは
喜びと　痛切な悲鳴の二重奏を
歌っていた

森で　春の陽は
騒がしい道を広げてゆく

その道で

詩よ
もっと静かになれ

初雪

今朝の　このことは
わたしのせいです

夜どおし　こんこんと
あなたを恋しがっていましたが
夢を見つづけていましたが

結局は
それほど広くもきれいでもなく
ぽこぽこと穴のあいたものがたりでした

いま
話のすべてが
わたしの生の全貌が
これほど白く覆われています

夜を明かす祈りと看護のように
終わることなく　起こすことなく

夜空の星までのぼって
いちばん低い　いちばん穢れた地へと
とめどなく降ったことはあったのかと

わたしが初めて聞いた言葉から
最後に言った言葉まで一貫して

えも言われぬ数多くの問題について
えも言われぬたくさんの雪片で
説明しようとしたことがあったのかと

厳重な叱責で
真っ白な憤怒で

わたしとあなたのあいだの裂け目が
覆われています

初雪という名で覆われています

うろたえた獣の眼で
純白の水平線を眺めます
自責と自問の垂直を立ててみます

雪の下に埋もれたものたちすべて
ぬかるみのなかの貧相な嘘が
ふたたび現れるとき

花がようやく実った
赤い冬の実のように
貧しく光る愛ひとつ
見つけられますように

水上市場

花がくるよ
水の道に沿って
小さな靴のような舟を履いて
ウリと　スモモと　ズッキーニもくるよ

死がすでに　腕と口をふさいだのに
だれかがやってくるよ
靴も履かずに
横たわってくるよ

おのれの誕生のときに受けとった福を

婚礼で使った花束を
葬礼で使ったからだを
売ろうとしてくるよ

すべてのものが　川の上流からくるわけではない

悲劇からはじまった者
婚礼も葬礼もなしに終わった者
いくのもくるのもかなわず
どこかにたまっている者

いくつもの水の流れに沿ってきた舟に
花と　魚と　鶏がのっかり

月桂樹の葉の目もとのその影

祝福をひろって　花束を受けとり
まだ燃え尽きていない亡者を　舟にのせるよ

上流からはじまり
花咲き　枯れて　燃えたものを
川の下流で　またすすいで
夕暮れの宿った踊り場の物干しにかけるよ

夜が明けたら　いけるだろう
ふたたび上流にでも　下流にでも
はじまりにも　あるいは
ようやく見つけた　終着駅を目指して

雨粒の顔

何日もつづく雨足のなかで
見知った顔と出会う

軒下で
雨宿りしていた母の懐に抱かれ
はじめて雨に触ろうとした
三歳の手を握ってくれた雨粒

形成と瓦解の旅程をたがいに尋ねる

峡谷も　荒波も

おだやかな暮らしと　ゆるやかな土地も
高気圧の青空と　低きところ
すべての昼と夜

われらは　熱くなった生に落下する
哀しい歌
空虚な者たちのために
長くつづく祈り

知らない顔の上に落ちる
また知らない顔

森に　塹壕に　踏み石の上に

雨が　星をすべて覆いつくした日

ふたたび出会う　無名の顔

数字が重要なとき

十五人がそこに

そのうち高校生が五人
ムン・ジェハクは高校一年生
十五歳
母ちゃん　俺は家にはもどれない

そして四十年も　さらにときはすぎ

われらは飲み屋で立ち上がりながら
空(から)にした焼酎の瓶を数える

夜空の星はいくつかだけ瞬き
われらの歳を足し算すれば
そのとき　そこ
十五人の歳よりも　多い

少ないほど輝くもの

いちばん若い星を　探してみる

＊　一九八〇年五月の光州民主化抗争で、全羅南道（チョルラナムド）道庁を守り犠牲になった学生たちを詠う。

五月は四十回以上わたしを起こした

眠りのなかに　居酒屋に　淫売窟に隠れるひと
坊や　もう起きなさいと祖母が呼ぶように
雨音のように　おまえの歌のように　わたしを揺さぶった

くりかえし爆発した　超新星たち
内気で臆病な若い勇気だったとは

五月は
落下する　またも若い火花として
海底に沈んだ　船の丸窓のなかの瞳
歌に　街頭のロウソクに

声のあとの　お言葉に
文字のなかの　顔に

「流れる水は　底にある小さなくぼみひとつも
満たさないことには　流れてゆかない」†
小さな川石と泥土を　みんな触ってゆく

暮らしにいつも痰が湧き
若さから年老いていった　わたしの貧しさの全盛期
避けて通った数多の場所
まわり道して見知らぬふりをした　数々のこと

わたしは　か細い自分の詩にすがりついた幼い道化者だった

時間のどこにでも　入口と出口があって

われらの生は　ふたつの扉のあいだに置かれた
長くて短い橋

どこにいこうと　いつもその都市の橋を通った
いつだって　その時間の橋を渡りながら泣いた
青い若さが停泊した
闇と　赤い夕陽の故郷

残った旗があればください
老人の顔でようやく　春の道を走りたいんだ

われら本性の兄弟が　互いに争い
神々しさがみじめさを押しつぶし
死が殺しに勝って　なしとげた愛の召出(めしいだ)し

わたしは長くとどまっていたが
世間は一度もとまったことはない

天の神がすごした　狭苦しい小部屋の住所
仏とイエスがおにぎりを食べた場所をようやく知った

われらは「哀れにもこの地に生を授かった同志」†
海に至ってからだを合わせる　川の流れのよう
暁に会って　溶け合って
一筋の光となる夢のように

肩に手をあて　揺さぶる五月
ようやく目覚め　そこにわたしも流れてゆく

† 「流れる水は…」――孟子の言葉「流水之為物也　不盈科不行」より（詩中邦訳は訳者による）。

† 「哀れにもこの地に…」――ロバート・バーンズ「ネズミに寄せて（"To a Mouse"）」の一節（詩中邦訳は訳者による）。

草刈り

刈りとったばかりの草の匂い
たった一束でも
わたしの手に　からだじゅうに
四方にあふれるのに

赤壁の下に流れる川から
線路の下の眼鏡橋の下から
中山間の村と　洞窟から
くぼみごとに　あらゆるところから
山ほど刈りとられてしまったとき

匂いは
どこまで　いつまで　つづいたのだろうか

空気に馴染み
今日のわれらの息となり
生をいつも　いったりきたりして
いのちの終わりが　匂いだということ
嗅覚で記憶して

予備検束[*]で　刈りとってしまう者よ
この世に捧げる匂いの供養は
穢れのないその身で　行いたまえ

* 法の名の下で行われた国家暴力

ロウソクの炎

はじめの炎は　生まれたばかりの暁に

森のぬれた地面に
壁を伝いおりる陽ざしに
十時のヒバリと
十一時のアカショウビンに

流しにたまった生ごみにも
スズメバチがこしらえている巣にも

罷免するために出勤するかれに

ともにすごした夜に
炭川（タンチョン）の午後の陽ざしに
輝きながら流れる川の水に
せせらぎが記す名に

干潟と磯　そして砂浜の上で
深海へ傾いてゆく海の底と
深い海のなかの氷
その上の足跡と指紋に

いちばん遠くて真っ暗なところから
うす暗いわれらに光を発信したおまえに

暗闇から出てきなさい

われらの手にロウソクひとつ灯したおまえに
終わりではなくはじまりだと言ったおまえに

仕事場にも食卓にも心にも
火を消すなと言うおまえのために

芯を出して冠動脈に深く差しこみ
火を灯す

海の森までいった陽ざしに
ホンダワラに挨拶して溶ける光に
午後六時すぎに
忙しくなる夜鳥と星に

ありがとう
ロウソクを灯す

＊　朴槿恵(パククネ)元大統領罷免の報に接して詠んだ詩。

実ざくらの道

桜はこの都市のすべての道で　はなやいだね

花陰の下
わたしたちは　春があふれて広がる地面の上に　湧きあがりぶらついたね
おまえは　影すらも美しかった
世のなかに出るには　おあつらえ向きの時間

桜の木の　数多の葉がつくる陰の下
六月の道を歩きながら　わたしは踏む
関係のない必然を　無意味な実を
わたしは見る

つぶれて踏みにじられた血の跡を

花が咲いて散ったあと
わたしたちが　頭で探りあてて出てきた
長くて遠い産道を記憶する

桜が散っていた道を思いだす
「だけど実ざくらは」
わたしは尋ねる

鉱脈の途絶えた
暗くはてしなく遠い坑道
この時代の　不妊の産道を這いながら

沈黙の春†

扉は閉まっている

花びらの散る道
半分はこちらに　半分は向こうに
走っていたものたちの痕跡はなく

喜びと悲しみが
婚礼と葬礼が　きびすをかえす
神もその定処（ていしょ）の門に　踏みいることはできない

近所の刺身屋の水槽

密集していた魚
無重力の遊泳をしている
顔を底にくっつけて逆立ちしている
いちばん幼いやつ

畏れを隠した　怒った表情で
扉は　口を閉じている
鴨居の青いペイントは剝げかかり
春の陽は　割れたガラス窓からはいりこむ
消息が　やぶ蚊のように群がったところ

みずから手当てのできない
愛が密集している
白いマスクをつけた子どもたちと
黒いマスクの老人たち

だれも探しにこない
無沙汰の深い谷間のなか
愛の託児所と　老人ホーム

太古の海岸線に沿って
われらはずっと密集を目指して移動していった

家と　畜舎と　都市をつくり
ついには虐殺の穴を掘り
豚と　鶏を　埋め
われらもとっても密集し　密接に
互いに抱き合ったね

ときにはみじめな難民で
大部分は幸せな旅行客で

いつも忙しく移動したね
乙支路四街（ウルチロサガ）の地下道の休憩所
接触が途切れた老人と
ほとんど途切れた若者が
柱をあいだにして　背なか合わせのまま
携帯電話の充電コードにつながれているよ
互いの影のように

世間を覆っている網に引っかかり
蜘蛛が近づいてくるのも知らない
あなたを引っ剥がしたら
だれかがわたしも　抜けださせてくれるだろうか

この春の陽ざしと空気はとてもいい

わたしたちが冒したみじめな残酷さを　警告したかのように
冒さなければ　こんな美しさが可能だったことを
知らせてくれる

密集を抜けだし　密接な
誤った嘘の連結をほどこうとする
愛していると言うには
まだ遅くないのだと

土の穴から外に出て
母は子どもを抱いて
ふたたび春の道を　美しく歩いていってほしい

畏れと驚きの手をつなぎ
海辺に沿って　ひかえめに歩んだ

あの春の日のように

† 沈黙の春――レイチェル・カーソンの同名の本がある。

＊ 世界中に新型コロナウィルス感染症が蔓延した春に書く。

海辺にうっぷしている子どもに

その子は　死んだまま目を覚ました
水のなかで目をあけた

朝のなかで生まれた　とても幼い夕暮れ
夜には　いくことはできない
ここが目的地ではなく　さらにいくべきところのある

陸地で数えれば　いちばん幼い
その年ごろの　浅い海が
海岸の石を触っていて
子どもの靴　ふくらはぎ　脇　髪に

ひたひたと触れてみた
まるで見習いの入国審査官のように

ここはだれの土地と海なのか
海鳥の鳴き声は　子どもの母国語とおなじだ

あとずさりする子はいない
泳ぐひともみな　前に進んでゆく
この子は　波が抱いてきたのに
陸地に向かってうっぷしている
遊び疲れて眠っているかのように

さかさまに寝かされるわけはないから
この地に向かって　よちよち歩きはじめて
泳いできて抱かれたものだろう

いまは腕を広げてうっぷしているが
前にある　あるいはあるかもしれないなにかに
ひれ伏しているわけではない

この子は　戻りたいのか
もちろんさ　もちろんさ
すべてのものがそう答える

歳月の終わりは　すべて死んだ時間の化石で
前方は　生きている時間で満たされてはいない

見知らぬ官吏たちが　その子を連れてゆく前に
波と引き潮は　力強く
その顔を海のほうに向けてやってほしい

それでこそ　その子は
このことがはじまった場所に戻り
その家の庭や　玄関で
いちばん好きな女の手を　ふたたび握ることができるはずだから
あとずさりせず　前にあんよで進みながら

＊　シリア難民の幼児の遺体が、トルコの海辺でうつぶせになっていたニュースを見て詠む。

五部

波はおのれの道をゆくもの

ハマナスとイルカ

木の間（こま）に見える海は
ひとすじの小川のように輝いている

崖の上から身を投げる
ハマナス　一輪

水平線のかなたのイルカは
その赤い声に耳を澄ますだろうか

花香（かこう）のたゆたう海が
森の陰にはいる

夏がくる

アジの群れとともに
夏の季節をすごしたなら

はらはらと脱いでしまって　海にはいり
輪舞でつくったまあるい家のなかに　分けいり
わたしも手をつないで踊りながら　青なずんでいこう

千匹が集ってできた花嫁たちとつがいになって
照り輝く生臭さだらけで　からだを合わせ
海の茂みを探してきた陽ざしのさきで
白くて青いあなたのからだの鱗をさすってあげよう

真っ盛りの夏に
せいいっぱい速度をあげて逃げよう
長いあいだ忘れて生きてきた
ふいうちの恐怖をさけて
ともにいる怖れがつくる
愛の力で

牡蠣の殻のように
頑とした心臓で
かたい連帯の握手のように　力強いからだで
あのサンゴ礁をめぐり
一口の差で追われる　恐怖を目指して
火花を散らしながら　いっせいに突き進もう

夏の海にいけば
沸きあがる表層の下
われらがともに引いていた
途切れることのない　長い長い線を探せ
銀色で印をつけた
怖れと愛の記憶を

秋がきて
波の底に　燐光（りんこう）輝けば
純銀とラピスラズリでおめかしした女たちが
ほどなくして生みつけた卵の畑で
年老いた足のあいだに
わたしも泡を吹かねばならぬのか

守ることもできない

つなげることもできない縁は
時間の波でばらばらになるだろう
秋がくれば
秋の海に夕陽が満ちたなら

統営（トンヨン）の海の新年の経済計画

南の港の海には
冬の陽ざしが　ひとさじ多めに降りそそぐ

海岸道路をすぎるわたしの首筋が　一瞬ひやり
ウミネコの影は
ハニル号の事務所の屋根をすぎ
魚運搬船の甲板を
船首から船尾まで　ざっと見下ろし
閑山島（ハンサンド）食堂の水槽のなかの
カサゴやメバルを　きっとにらんで
南望山（ナンマン）の斜面のほうに

まるで飛んでいくように

わたしはただ　鳥の影の黒い尾羽根だけを
餌を欲するくちばしの　黄いろい先っぽだけを
海から吹いてくる
磯の生臭さだけを　見たのだった

いつもそうであるように世のなかは
生まれる波のいただきにのぼって
たちまち消滅の峡谷にはいりゆく

この港の海から　いま
カタクチイワシも　アンコウも　ビクニンも　貝たちも
そして思索の潮流に溶けこもうとする海藻も
一年の生計の計画に没頭する

新生を見積もろうとしても
巻き網漁と筌（せん）漁業*の船団と漁師が
それに網や漁具が　どれほど力があるか
橈脚類（とうきゃくるい）*は　この海をまた満たしてくれるか

卵と精液のために　どれほどの骨折りが必要か
われらの群れの前には
いくつかの運命が迫ってきており
そのうちどんな手を取らねばならぬのか

信じられないほど短かかったり
驚くほど長かったりするかもしれないわたしの時間は
どの波についてきて
いつむなしく引き潮にふたたびさらわれ

ついには深い海底に
雪のように降り積もっていくのか
じっくりと考えてみることだ

年が明けた今日
海岸道路から
時間の強風は　さらに速く吹いてゆく

＊　筌漁業――筌（うけ）という籠や箱のような漁具に餌を入れて魚を捕る漁業
＊　橈脚類――動物プランクトンのなかの甲殻類のこと。カイアシ類。

島の陽ざし

陽ざしはただ
ホウレンソウと　幼いヨモギを目指して
風も道を変え　歩みをおそくして
労働をともにする

春よ　舌なめずりする前に
おまえの祈りを　風にのせて送れ

そのために
ようやく水面にそびえた　島へ

沖積世の牡蠣

ミヤコドリが
初めてわたしのからだを　ひらいた
あなたの山はまだ手つかずで
アズキナシの実だけが　赤く実ったとき

丘では
ツバキの花が目を赤くして　海を眺めながら
首もうなだれおちて　この世に戻るとき

海には舟がまだなく

やがておこる殺戮が　まだ生まれる前
鳥はわたしの静けさをついばみ
ふたたび空を目指しただけだ

氷河期の氷を踏みしめ
遠い道を歩いて　あなたはきた

神がつくったもっとも固い封印を
いまではなんなくひらき
わたしを呑みこんでしまう
沖積世のあなた

わたしの沈黙の肉は
あなたの内部にはいり

どんな話をしたのだろうか

貝塚の上で
そしていまや　その上に湧きあがる
新しい都市にいたるまで

貝の殻のなかの沈黙は
ただ騒乱のにぎわいを醸してきたのか

生々しい夢

1

わたしは網を投げては　たぐり寄せる
夕焼け色の顔をした漁師

海にからだを浸すのは
母の家の扉をあけて　はいるのとおなじこと

この世では　歌われない歌
音もなく　眼もない歌

その下の海溝の調べ（カラク）を引き揚げようとしている

いちばん深いところに
わたしを愛するひとが　ひとりいるという

足もとをゆきすぎる　カタクチイワシの群れのあいだに
深海魚の低音が遠くから聞こえてくる
わたしはこの海に
多くのひとと　ともにいる
これは星のように光る夢なんだ

2

ヒョウがカモシカの首に嚙みついている
草原で考える

あの奇妙な一対をつくりだしている

新しいいのちを
終わりとはじまりを両手に持って
朝五時に這いだしてきたヘビを

夢の家である眠りは
顔をしかめて　寝返りをうつ

死へと育つにはまだ遠い
とても短い夜

3

われらの暮らしは　まるで舟のようだ

舟の舳先の鼻っつらを見ながら
いつか沈んでしまう運命だと言おう

ときには　母の胎内でさえも溺死し
地上から天上に向かおうとする
大きな寺院も　仏の家も
座礁して降りしきるから

わたしはふたたび舟を
雲と森の　光彩が美しい
夕暮れの海域に漕ぎだそう

海底におりていったものたちの一部が
ふたたび浮き上がってくるのを見る
愛を成就して　上に向かってのびる
海のツタのヒゲのように

4

訃報が
どこかの家の門を叩く

草原では焚火をひとつ焚いて
狼が吼えるとき
その上で　星もひとつ光れば

わたしの漁網(ぎょもう)にからまって　眠っている歌を
家につれていこう

あなたの臓腑をかきむしる　この沈黙を
いつか
真っ暗な宇宙を照らす　火種を

ものごとの秩序

すべての道は
道の上のさすらいびとは

すべての家は
箸と　靴下と　ものがたりと
家のなかにあってはいけない　ものらにも

すべての星は
種の秘密たちには

それぞれの仕事がある

わたしが電灯を消しても
おまえがブレーカーを落としても
この世が暗くなるわけではない

わが身のあかりを消す仕事
周囲の光をもっと明るくし
低体温の闇にぬくもりを伝え

夜の海でもとどまることなく
波はおのれの道を　ゆくもの

海辺の廃墟

「わたしをひらけば　海辺がある」† と
あなたは水平線の向こうに去りながら　言ったね
冬の海をかたちづくっている廃墟について話をする

あなたの海辺
季節が位置をかえて　停泊していたところ
いつも輝きながら　流れていた時間
喜びをかたちづくっていた　万物の残骸がうずくまっているね

この世で難破した船の竜骨と　櫓と

なにかをつないでいた縄と
うごめくものを捕らえた網と　筌（うけ）
うるさい音を立てて割れた皿と　酒瓶

強い風がわたしの言葉を蹴散らし
波は執拗に
庭園と墓と　心にあるものをほじくり返す

竹馬にのって　ある者はうろつく
陸と海のいれかわる境界
白い泡のなかで　霊魂を探す屑拾い
ひとつでもまともなものがあるだろうか

わたしはこわれながら
あえてこの時間の潟湖（ラグーン）にきた

記憶からいちばん遠くはなれた辺地に
水たまりのなかには　クジメの幼魚がいっぴき
愛の廃墟はとても小さい

長くつづく海岸は
おのれよりもずっと長い歌を歌っている
水平線と地平線のあいだを吹いてゆく　風の音

海のほうには　こわれて腐ってゆく残骸
陸地のほうには　漁場の幕と　村と都市
まだ生きている廃墟

あなたの一部だったわたしは
引き潮にのって　もう帰ろう

わたしの残骸であるあなたは
海岸で波にのって　ざんぶり揺れなさい
すべてがおだやかなのか
星の残骸よ

† 「わたしをひらけば…」——アニエス・ヴァルダの遺作となったドキュメンタリー映画『アニエスによるヴァルダ』（二〇一九）のナレーションの一部を、詩人ナ・ヒドクがエッセイ『芸術の皺』（二〇二一、心の散策社、未邦訳）十九ページで引用した。

暁の海

水産協同組合の市場の前　港の早朝
凍てついた海の上の大騒ぎ

暗闇のなか　集魚灯と拡声器
光と騒音で満船になった漁船からおろされる
生き生きとした死と　ぴちぴち跳ねるいのち

生死をとりまき
世間はいつもうるさいもの
だれかにとってはいのちであり　利益であり　人生だから

漁師よ　仲買人よ
ゆらゆらと酒で晴らして朝を迎え

今日の太陽が
この海の子午線を高くゆきすぎるときまで

眠りのなかで
日々の死を　練習なさい

悪天候よ、海に唾を吐け

幼い魚
荷下ろしされる　たくさんの魚
魚箱に入れられ　貨物車にまたのせられる魚
のりかえです
そうやって踏まれ　内臓のはじける魚

あの船の網は　深海の底を漁（あさ）った
鋼鉄の熊手は　海の子宮のなかまではいり　なにをしたのか
あまりにも深いところから　あまりにもたくさん連れてきた

世のなかが悪天候になり
顔をしかめて　漁船の大漁旗をなびかせる

ささいなことにばかり怒るひと
昔ひらいてみたかれの詩集に　落ちた雨粒
濡れながら怒る詩を読んでいた雨粒が
海と空を　遠くめぐって
今日ふたたび　この港の上にあるのだな

雨雲よ　唾を吐け
船主の背なかに　競(せ)り人の頭に　その顔に

雨よ　唾を吐け

落下しながら　唾液腺が育つ雨よ

乳歯のあいだから　唾を吐き散らせ
前歯のあいだから　奥歯のあいだから
船の舳先に　リヤカーに　生臭い匂いのたまった水揚場に
寄せる波に　くだける泡沫に

深く暗いところから持ってきたもので
平穏の均衡を補い
はてしない要求の口を閉じない
人生いっぱい　食卓を飾り
魚の肉をほおばる　わたしの口に

鮭の道

上流の浅瀬　砂利の上の鮭
わたしは近寄ってみた
傷だらけの航路の生涯に

かならずしも　この道でなければならなかったのか
腹を減らした熊ではないことを知ったかれは
来世を吐きだして　力尽きた母は
われは　鮭の道を　いった

水との闘いはもちろん　山との闘いまですべて経験し
やり遂げた喜びでいっぱいの　霊魂は

最期に向かって　泳いでゆくため
ぼろぼろになった尾びれをふって
くだり遡った記憶を　水で洗う

山が抱いた流れと　川が広がる野
海の表面と　深いところでわれらがしたこと
鉤（かぎ）のついた網と　ゴミでつくった島は　さっぱり消えずにかれを捕らえ

鮭は
濁った眼でわたしを見ながら
曲がってしまった口先をひらいて　たえだえに言う

ぬしは　ひとの道を　ゆくな

光の曳き網

真冬の海は　のんびりおだやか
島々を　おまえが指でひとつひとつ押したら
どんな歌が生まれるだろう

小さな魚ほどの舟が　入り江に戻ってくる
後ろにつづくさざ波の上に
陽光はまんべんなく降りそそぎ
その舟は　輝く光の網を曳いてゆく

満ち潮を　朝に連れてゆく

わたしもあの網に曳かれたい
冬の蜘蛛の巣に引っかかった枯れ葉のように

朝飯を炊く匂いにつられ　入り江に曳かれ出て
愛でふたたび炊かれたい

かまどのなかに並んで横たわる　二本の薪
そのあいだに起こる炎のように
波頭と波頭のあいだから　陽はまたのぼり

元日のはじまりの朝
かまどの釜にはいって　炊かれたい

すべての朝は新しい日で

世の荒波でできた皺も　さざ波のように光り

この世に古びたものはひとつもない

愛だって　いつも新しく炊いた飯ならば

解説

紅梅の銀河にひびく人間の歌

四元康祐

チャン・ソクの詩を読むと、胸いっぱいに磯の香がひろがる。耳もとへ遠い波の音が打ち寄せてくる。ページをめくると、今度は深い森のしじま。鳥のさえずりと虫の羽音とお寺の鐘のひびき。行と行のあいだから、季節の風が吹いてくる。

チャン・ソクは一九五七年生まれ。私より二つ年上なだけなのに、その詩には私が、そして日本の現代詩の多くが、とうに失った自然が息づいている。彼の詩の根っこは生まれた場所の釜山（プサン）や、現在牡蠣の養殖業を営むという統営（トンヨン）の海や山河を通して、宇宙の無限に直結している。でなければ、こんな行は書けないだろう。

わたしの後ろに銀河が流れ
わたしの前には紅梅の咲く春がある

（「背後」より）

その詩はときに人間であることを拒み、かつては森のクヌギだった炭の声で、沖積世の牡蠣の声で、力尽きて浅瀬に横たわる鮭の声で、私たちに語りかける。だからといって、この詩人を「素朴な自然派」などという枠に閉じ込めるのは間違いだ。チャン・ソクの詩のなかには、キバノロやオキナグサやカタクチイワシとならんで、冷徹な知性を備えた哲学者も棲んでいて、目に見える世界の背後にひそむ形而上的な観念の高みから、鷹のようなまなざしで、この世に存在することの意味（センス）と無意味（ノンセンス）を見据えている。

いつもそうであるように世のなかは
生まれる波のいただきにのぼって
たちまち消滅の峡谷にはいりゆく

（「統営の海の新年の経済計画」より）

いまや老境に入りつつあるチャン・ソクにとって、「消滅」は切実でパーソナルな主題なのだろう。この詩集のなかで、詩人は繰り返し来し方を振り返り、先だった親しい友を悼み、そして行く末に待ち受ける自らの「峡谷」を全うするための、決意と励ましの声を発する。

家を建てた
釘が板にはいって
隙間なく抱きあっている
（中略）
そうやって　新しい家よ
ものがたりの終わりを　しっかりと締めくくれ

錆びた釘と　ひずんだ板
割れた瓦と　崩れた内臓

やがてふたたび
無明（むみょう）へとつづく道の森へ

（「新しい家」より）

もっとも「ものがたりの終わり」の「無明」に身を委ねるのはまだ早すぎる。詩人もまた、私たちと同じこの星に生きるひとりの市民なのだ。済州島の四・三事件や一九八〇年の光州事件など、市民への弾圧と迫害に満ちた二十世紀を生き延びたかと思ったら、今度は地球規模の難民問題や新たな侵略と虐殺の待ち受ける二十一世紀にさまよい出て、未来への絶望と希望のあいだを揺れ惑っている。それでもチャン・ソクは詩という象牙の塔に逃げ込もうとはしない。詩人として、彼はこの非詩的な時代のリアリティを引き受け、人類への共感にあふれた悲憤慷慨（こうがい）の声をあげる。

われらは　熱くなった生に落下する
哀しい歌
空虚な者たちのために
長くつづく祈り

（「雨粒の顔」より）

チャン・ソクの詩のなかでは、具体と抽象が、思考と感覚が、叙事と抒情が、極微と無限が、私と公が、鮮やかな劇的緊張を孕みつつ均衡を保っている。この詩集のどれひとつをとっても、彼が杜甫やウォルト・ホイットマンやヴィスワヴァ・シンボルスカに比肩する真に偉大な詩人の一員であることが証だてされるだろう。彼の詩は民族や言語や文化の壁を越えて、私たちひとりひとりの心の深みにひそむ普遍的な琴線に触れてくる。

その中核にあって、さまざまに異なる詩的要素をひとつに束ねている大本の重力のようなものを「愛」と呼んだとしても、詩人は異を唱えないだろう。実際彼の詩には「詩」とともに「愛」という語がたびたび登場する。日本の現代詩にも「詩」へのメタ文学的な言及は珍しくないが、そこに「愛」が寄り添うことは極めて稀だ。私も含めて、日本の詩人にとって「愛」は使うのが躊躇(ためら)われる古語、ひいては死語となりつつあるのかもしれないが、この詩集を読むと、それがどんなに異常なことなのかに気づかされる。

＊

私は韓国語が分からないので翻訳について云々はできないが、戸田郁子さんの訳した日本語はまぎれもない詩の言葉だ。それは翻訳であることを意識させない自然さでありながら、日常性をわずかに超越した、外国の詩ならではの異質な手触りを伝えてくれる。もしかしたらそこには、書かれた詩の言葉だけではなく、書かれなかったいくつもの詩の沈黙もこめられているのかもしれない。略歴によれば、一九八〇年に二十三歳で詩人としてデビューした後、二〇二〇年に第一詩集を刊行するまでに、四十年ものブランクがあるという。だがそれは決して空白ではあるまい。むしろこの詩集は、行為と生活に捧げられた長い醸成と発酵の、奇跡のような賜物なのだ。私自身が「消滅の峡谷」に歩み入ろうとする人生のこの時期に、チャン・ソクという稀有の詩人に出会えたことの、ありがたい幸福をかみしめている。（終）

訳者あとがき

チャン・ソクさんとのつきあいが十年余りになる私は、まず彼の人となりを紹介したいと思う。

チャンさんの新築の家と、百年前に建てられたわが家のリノベーションを担ったのが同じ建築家だったことから、私たちの行き来は始まった。

当時は周囲の人々に自身が詩人であると明かさずにいたので、私はチャンさんを「社会問題への関心が高く、とくに教育や暮らしに対する確固たる信念を持つ実業家」と認識していた。

チャンさんは統営（トンヨン）という港町に暮らしながら牡蠣の養殖場を経営し、週の半分は山を切り拓いて造成中だった「トブロマウル（共に住む村）」の建設を見守りながら、以友（イウ）学校（中・高校）というオルタナティブスクールの理事長を務めていた。

以友学校は競争をあおる韓国の教育体制に異議を唱え、人と人、人と自然をつなぎ、共に生きるという目標を掲げて二〇〇三年に開校した。チャンさんはその創立メンバーの一人であり、三人の子もこの学校の卒業生だ。教師と生徒の親は教育共同体の一員として密接に関わり、やがて学校の近くに共同居住を目指すトブロマウルを造った。子どもたちが卒業した後も、多くの親が学校のそばを離れず、トブロマウルやその周辺で暮らし続けている。

だから二〇二〇年二月に、初詩集出版記念パーティーに招待されたときには驚いた。しかも二冊同時の刊行だという。新鮮な生牡蠣とワインで大いに盛り上がったその夜も、私はなんだか狐につままれたような思いだった。

六十三歳での初詩集『愛はようやくいま生まれたばかり』の中で「縄を結ぶひと」を読んだとき、ようやく私は腑に落ちた。以前、建築家を囲んだ踏査旅行で、釜山(プサン)から船で対馬と壱岐に出かけたことがある。朝早く壱岐島に到着すると、チャンさんは連絡船をつなぐ杭にこだわり、埠頭に腰を下ろして、小さな手帳に何かを熱心に書きこんでいたのだ。同じ場所にいて同じ風景を見ても、詩人は別の宇宙を見ていたことを知った。

チャンさんはその後私に、携帯電話のメッセージでときおり詩を送ってくるようになった。二〇二二年元日の朝に届いた「光の曳き網」を読んで、日本語に訳して返信した。それが邦訳詩選集誕生のきっかけとなった。私はこの詩を、本書の最後に置いた。

私には、森の詩からは穏やかなトブロマウルの風景が浮かび、海の詩からは牡蠣の養殖場のある明るい南の海が浮かんでくる。そして忙しい日常の中でふと思索にふけり、自然と人間との調和を模索する詩語を小さなノートに書きこんでいるチャンさんの姿を思い浮かべてみたりする。


詩人としてのデビューは早かった。ソウル大学国語国文科に在学中だった一九八〇年元旦の朝鮮日報朝刊に、「風景の夢」が、新春文芸詩部門の当選作として発表された。しかしその後四十年間、チャンさんは作品を発表しなかった。書けなかったのではなく、強い意志を持って詩から遠ざかったのだ。

文学を志して通った大学だが、仲間たちは民主化を叫んで次々と投獄されていった。当時は「参与詩」と呼ばれる民主化運動の詩が主流だったが、詩を書く立場になってみると「外に出よ、闘え」のような詩は、どうしても書けなかった。むしろ額に小さなあかりを灯す深海魚のように、存在の根源を探るような詩を書きたいと熱望した。それが「風景の夢」だった。

「文学を行うことは長い間の夢でもあったが、世の中の動きは理想とは乖離していた。

私の詩的な悩みは時代とは噛み合わず、緊迫した時局の中で夏空をじっと眺めているような情緒は、仲間たちにも受け入れられなかった」

一九八〇年四月、兵役に就いて外界の喧騒から遮断され、光州での蜂起も知らずに過ごした。三年たって除隊した後は、理想と現実のギャップに苦しんだ。

「もう詩は書かない。そうすれば少なくとも、偽善的な詩は書かずにいられるだろう」

詩への未練も大学生活も、すべてを捨てて、父が経営する牡蠣の養殖場のある南の海に向かい、二十代後半から三十代をひたすら海と向き合って過ごした。その間、独裁政権は覆され社会は変革した。

ある日、仕事場に高校時代の親友魯會燦（ノフェチャン）氏が突然訪ねてきた。魯氏は大学時代に学生運動から労働運動に身を投じて拘束された後、政治家の道を歩んでいた。「なぜ詩を書かないのか」と友は問い、「詩を書くのがいい」と励ました。

魯氏とはソウルの高校一、二年生で同じクラスだった。当時は一学年が十二クラスもあったから、二度も同じクラスになる確率はとても低い。しかも魯氏もチャンさんも釜山生まれ。チャンさんの父は平安北道寧辺（ピョンアンブックドヨンビョン）出身だが、学生時代を咸鏡南道（ハムギョンナムド）の咸興（ハムン）で過ごした。母が咸興出身の魯氏が咸鏡道訛りを使ったことから、チャンさんの父も魯氏を目に掛けていたという。どちらの家族も「失郷民（シリャンミン）（朝鮮戦争時に北から南に逃れ、故郷に戻れなくなった人たち）」だった。

大学でチャンさんは文学に没頭し、魯氏は学生運動に身を投じたが、離れていても心はいつも通じ合う友だった。その友と壮年になって再会したことが、チャンさんの心を再び社会へ、詩へと向かせるきっかけを作った。しかし二〇一八年に突然友を失い、彼を偲ぶ詩を書かずにはいられなかった。本書の「日時計」「背後」「宇宙論」のほかにも、亡き友を詠った詩がいくつもある。

二十代初めに書いた「風景の夢」を、長く記憶にとどめていた人々がいた。後になってその詩が、韓国詩壇に一つの潮流を作ったという評論も書かれたが、詩を書いた本人は長くそれを知らずに過ごした。

四十年余りの時を経て書いた「煤（すす）けた告白」には、「風景の夢」に登場した〝つめたく燃える鳥〟のイメージが再び出てくるが、それは決して意図したものではなかった。混沌とした現実を冷徹に見据え、そこから飛び立とうとする鳥のイメージが、詩人の胸の内にずっと棲み続けていたのだ。

「現実を知らずに過ごしたという痛みが、それからもずっと私を苦しめ続けた」

チャンさんはかつての民主化闘争などの記録を読み漁り、そこに自身が参与しなかった痛みに呻吟した。その痛みは、現実を深く見据えようという姿勢となって帰着した。三百人余りもの犠牲者を出したセウォル号の事故や、韓国全土を揺るがせたロウソクデモによる大統領への弾劾、それに世界的なパンデミックなど大きな事件に直面するたび、自分が発言しようという自覚を持ち、熾烈に創作したいという欲望に駆られるという。

突然訪れる「詩的瞬間」を一つも逃したくないという思いから、チャンさんは胸のポケットにいつも小さなノートとペンを持ち歩いている。

「詩がこの世界に作用する力は何だろう。自分はなぜこのような詩を書くのだろう。この宇宙の中の刹那のような時間の中で、私という存在は何なのか。そんな質問行為の繰り返しが、私にとっては詩作だ。たとえば詩は、遠い宇宙から届くかすかな光だと考えてみた。しかしそれは、唯一の答えではない。だから私はまた詩を書く」

二〇二三年の夏、クオンの金承福(キムスンボク)さんからチャン・ソクさんの詩集を邦訳出版したいという連絡があった。金さんがまず、『愛はようやくいま生まれたばかり』『この星の春』『海辺にうっぷしている子どもに』の三冊の詩集から、自然や環境への関心を詠ったものを中心に、七十編ほどをセレクトした。その後に出た第四詩集『煤けた告白』からチャンさんが数編を選び、訳者として日本で紹介したい作品も加えて整理をし、最終的に六十一編に絞り込んで本書を編んだ。

詩の完成した日付を記さないのがチャンさんのスタイルだ。本書は大きく五つのカテゴリーに分け、時系列にはこだわらずに並べてみた。

詩の翻訳は私には初めての経験であり、また「詩人ではない」チャンさんとのつきあいが長いこともあって、当初は訳者となることにためらいを感じていたのだが、せめて紹介者としての役割は果たせるはずと思い直した。

盟友である詩人のぱくきょんみさんには初めの段階で、詩語を選びとる道しるべをお願いした。余すところなく目を配ってくれた編集の五十嵐真希さん、そして作品を深く味わい解説してくださった詩人の四元康祐さんにも、心からの感謝を捧げる。

翻訳作業の過程で、私は幾度も詩語の意味を尋ねながら言葉を練った。また訳詩には、チャンさんの意見を反映させて、時代背景の解説を含む訳註を新たに加えた。チャンさんのソウル大学時代の同級生だった鄭豪雄（チョンホウン）さん、大学の後輩に当たる崔泰源（チェテウォン）さんからも貴重な意見をいただき、チャン・ソク詩人の詩の世界をより豊かに伝えることができた。最後まで詩人と訳者は伴走しながら、一つのゴールを目指して走り続けてきた。その作業を詩人本人も楽しんでくれたことは、訳者として欣幸の至りだ。

初の邦訳詩選集の刊行を待ちわびるチャンさんは、こう語っている。

「詩の翻訳作業は、小さな渡り鳥が海を越えてはるか一万キロも飛んでいく過程のように思える。私の詩が日本語に翻訳されて新しい姿に変身する。その新しく生まれ変わる瞬間に、胸が高鳴る思いだ」

戸田郁子

二〇二四年八月

作品一覧（原著掲載順）

『愛はようやくいま生まれたばかり』から「序詩」「秋の光」「順天の母の里　4」「戦後の澱みからわたしも芽生えた」「ハマナスとイルカ」「炭」「夏がくる」「哀しい者たちはいつも星を眺めて」「あなたが山にのぼる始発の汽車に乗るなら」「新しい家」「縄を結ぶひと」

『この星の春』から「春、北緯三十七度二十分二十三・七五秒」「背後」「統営の海の新年の経済計画」「その島の丸石」「島の陽ざし」「暑中見舞い」「沖積世の牡蠣」「生々しい夢」「影島南港」「ロウソクの炎」「念誦」「敗北した詩人に」「順天湾　2」「詩の歯」「学校へいく道」「花に向かってゆく」「鶴に」「折れた枝に」「日時計」「宇宙論」「初雪」「風景の夢」

『海辺にうっぷしている子どもに』から「桜」「沈黙の春」「水上市場」「雨粒の顔」「順天の母の里　6」「森の番人」「葉の樹木葬」「くちばしの詩」「ものごとの秩序」「冬の恋歌」「巡礼の年」「花びらの上に撒く」「数字が重要なとき」「五月は四十回以上わたしを起こした」「草刈り」「実ざくらの道」「海辺の廃墟」「暁の海」「悪天候よ、海に唾を吐け」「海辺にうっぷしている子どもに」

『煤けた告白』から「煤けた告白」「光の曳き網」「時節の縁――大寒」「キバノロの詩評」「森で――鐘の音」「順天の母の里　7――小川のほとりの木の枝」「草書」「鮭の道」

著者　チャン・ソク（張碩　장석）

1957年釜山生まれ。ソウル大学国語国文学科に在学中の1980年、朝鮮日報新春文芸の詩部門に「風景の夢」が選ばれ詩人としてデビュー。その後40年間、詩を発表することはなかったが、2020年に第一詩集『愛はようやくいま生まれたばかり』と第二詩集『この星の春』を刊行。以降『海辺にうっぷしている子どもに』『煤けた告白』と詩集を立て続けに出している。

訳者　戸田郁子（とだ　いくこ）

韓国在住の作家、翻訳家、編集者。仁川（インチョン）で100年前の日本式木造家屋を再生し「仁川官洞（クァンドン）ギャラリー」を運営中。中国朝鮮族の古い写真を整理した『東柱（トンジュ）の時代』『記憶の記録』『われらは国の王』、資料集『モダン仁川』『80年前の修学旅行』、口承されてきた韓国民謡を伽倻琴（カヤグム）の楽譜として整理した『ソリの道を探して』シリーズなど、文化や歴史に関わる本作りを行っている。著書に『中国朝鮮族を生きる　旧満洲の記憶』（岩波書店）、『悩ましくて愛しいハングル』（講談社＋α文庫）、『ふだん着のソウル案内』（晶文社）など、翻訳書に『黒山（フクサン）』（金薫（キムフン）著、クオン）など多数がある。

セレクション韓・詩 05

ぬしはひとの道(みち)をゆくな

2024年10月31日　初版第1刷発行

著者　チャン・ソク（張碩　장석）
訳者　戸田郁子
編集　五十嵐真希
ブックデザイン　松岡里美（gocoro）
印刷　大盛印刷株式会社

発行人　永田金司　金承福
発行所　株式会社クオン
〒101-0051
東京都千代田区神田神保町1-7-3 三光堂ビル3階
電話　03-5244-5426
FAX　03-5244-5428
URL　https://www.cuon.jp/

ISBN 978-4-910214-63-4 C0098